VENTE DU MERCREDI 28 MARS 1888

HOTEL DROUOT, SALLE N° 4

à une heure et demie

ESTAMPES

ET

LIVRES

MARS 1888

Me MAURICE DELESTRE
COMMISSAIRE-PRISEUR
27, rue Drouot, 27

M. JULES BOUILLON
Md d'Estampes de la Bibliothèque nationale
3, rue des Saints-Pères, 3

IMPRIMERIE D. DUMOULIN ET Cie
Rue des Grands-Augustins, 5, à Paris.

CATALOGUE
D'ESTAMPES ANCIENNES

PRINCIPALEMENT DE L'ÉCOLE FRANÇAISE DU XVIII[e] SIÈCLE

PIÈCES IMPRIMÉES

En noir et en couleur

DONT LA VENTE AUX ENCHÈRES PUBLIQUES AURA LIEU

HOTEL DROUOT, SALLE N° 4

Le Mercredi 28 Mars 1888

A une heure et demie

Par le ministère de M[e] **Maurice DELESTRE**, Commissaire-Priseur
27, rue Drouot,

Assisté de **M. Jules BOUILLON**, M[d] d'Estampes de la Bibliothèque nationale, succ[r] de CLEMENT, 3, rue des Sts-Pères,

Chez lesquels se trouve le présent Catalogue.

PARIS 1888

CONDITIONS DE LA VENTE

La vente sera faite au comptant.

Les acquéreurs payeront cinq pour cent en sus des enchères applicables aux frais.

M. J. Bouillon, chargé de la vente, se réserve la faulté de rassembler ou de diviser les lots.

L'ordre du catalogue sera suivi.

DÉSIGNATION

ESTAMPES

ALIX (P.-M.)

1 — *Berthier (le général), d'après Le Gros. In-fol en couleur.*

Superbe épreuve.

2 — *Buonaparte (le général), d'apprès Appiani. In-fol. en couleur.*

Superbe épreuve.

3 — *Corday (Marie-Anne Charlotte). In-fol. en couleur.*

Très belle épreuve, marge.

4 — *Molière (J.-B. Poquelin de), d'après Garneray. In-fol. en couleur.*

Superbe épreuve.

ANONYME

5 — *Buonaparte, général en chef de l'armée d'Italie. In-4, en couleur.*

Belle épreuve.

AUBRY (d'après E.)

6 — *La Bergère des Alpes, par J.-J. Le Veau.*

Très belle épreuve.

AVRIL (J.-J.)

7 — *Les Baigneuses surprises.— Diane change Actéon en cerf.*

Deux pièces faisant pendants, d'après l'Albane.
Belles épreuves.

BARBIER (d'après)

8 — *Le Berger dangereux. — L'Heureux berger.*

Deux pièces en couleur faisant pendants, gravées par Jubier.
Très belles épreuves, marges.

BASAN (F.)

9 — *Babichon. — Nicodème.*

Deux pièces d'après L. Vigée.
Belles épreuves.

BASAN et **KLAUBER**

10 — *Le Cordonnier hollandais, d'après Sckouman. — Femme de François Miéris.*

Deux pièces.
Belles épreuves.

BAUDOIN (d'après P.-A.)

11 — *Le couché de la Mariée, par J.-M. Moreau et J.-B. Simonet (E.-B. 16).*

Superbe épreuve.

12 — *La même estampe.*

Superbe épreuve.

13 — *Rose et Colas, par Simonet (42).*

Très belle épreuve, marge.

BAUR (W.)

14 — *Livre nouveau de diverses nations.*

Suite de huit pièces.
Très belles épreuves, marges.

15 — *Sujets de batailles.*

Quinze pièces.
Belles épreuves.

BEAUVARLET (J.-F.)

16 — *Molière (J.-B. Poquelin de), d'après S. Bourdon. In-fol.*

Très belle épreuve.

BELLA (STEPHANUS DELLA)

17 — *Diverses figures et griffonnements inventez et gravez par Stef. de la Belle.*

Trente pièces avec marges.

18 — *Place Dauphine. — Place royale.*

Deux pièces.
Belles épreuves.

BERVIC (CH.-CL.)

19 — *Enlèvement de Déjanire, d'après Guido Reni.*

Belle épreuve, marge.

BLOEMAERT (C. et F.)

20 — *Différents Saints représentés en pied, d'après Abraham Bloemaert. 11 portraits in-fol.*

Belles épreuves.

21 — *Les Saisons. — Les Éléments. Huit pièces d'après Abr. Bloemaert.*

Très belles épreuves, marges.

22 — *Pastorales.*

Douze pièces d'après Abraham Bloemaert.
Très belles épreuves.

BLOOTELING (A.)

23 — *Homme en buste tenant un gobelet, d'après Mieris.*

Belle épreuve.

BOILLY (d'après L.)

24 — *L'Amant favorisé.*

Gravé en couleur de forme ovale.
Très belle épreuve, marge.

BONNET (L.)

25 — *Jeune femme assise.*

Gravé aux trois crayons d'après Ollivier.
Belle épreuve.

BOREL (d'après)

26 — *L'Indiscret, par Dequevauviller.*

Superbe épreuve avec l'adresse du graveur, très grande marge.

BOSIO (d'après D.)

27 — *Ah! beaucoup vous critiquent! mais peu vous imitent, par J. Marchand.*

Très belle épreuve, marge.

BOSSE (ABRAHAM.)

28 — *Le Graveur. — L'Imprimeur.*

Deux pièces.
Superbes épreuves, marges.

29 — *Les mêmes estampes.*

Très belles épreuves, marges.

BOUCHER (F.)

30 — *Recueil de diverses figures chinoises du cabinet de Fr. Boucher, peintre du Roy, dessinées et gravées par lui-même.*

Suite de douze pièces.
Très belles épreuves, toutes marges.

BOUCHER (d'après F.)

31 — *Tête de flore (portrait de Mme de Pompadour), gravée en couleur à la manière du pastel, par Bonnet.*

Superbe épreuve. Encadrée.

32 — *La fontaine, par Pelletier.*

Très belle épreuve, marge.

33 — *Les Plaisirs innocents, par Demarteau.*

Belle épreuve.

BOUCHER (d'après F).

34 — *Le Repos des Bergers, par Demarteau.*

Belle épreuve, marge.

35 — *Les Soins maternels. — La Jeune mère.*

Deux pièces gravées à la sanguine, par Demarteau
Très belles épreuves, toutes marges.

36 — *Vénus sur les eaux, pae P.-E. Moitte.*

Très belle épreuve, marge.

BRONKHORST (J.-G.)

37 — *Ruines de l'ancienne Rome.*

Six pièces.
Belles épreuves.

BURIN (L.)

38 — *La Maquerelle punie, avec la Vue de l'Hôtel de ville de Paris et de la place de Grève* 1756.

Très belle épreuve, marge.

CANU

39 — *Céladon et Célie, en couleur.*

Très belle épreuve.

CARÊME (d'après Ph.)

40 — *La Jeune Cabaretière.— L'Heureux ménage.*

Deux pièces en couleur faisant pendants.
Très belles épreuves.

41 — *Bacchanale et Guinguette.*

Deux pièces faisant pendants, gravées au trait.
Très belles épreuves, marges.

CARICATURES

42 — *La Visite du camp Américain, par les Commissaires anglais.*

Belle épreuve, marge.

43 — *Caricatures anglaises.*

Quatre pièces.

CARMONTELLE (d'après L.-C. de)

44 — *Chauvelin (l'abbe). — Fontenay (Gaspard François).*

Deux portraits in-fol. gravés par Delafosse.
Très belles épreuves, marges.

45 — *Franklin (Benjamin), par Née. In-fol.*

Très belle épreuve, marge.

CATHELIN (L.-J.)

46 — *Terray (Joseph Marie), d'après Roslin. In-fol.*

Très belle épreuve, marge.

CHALLE (d'après M.-A.)

47 — *The officious waiting woman, par Chaponnier.*

Belle épreuve.

CHARDIN (d'après J.-B.-S.)

48 — *Les Amusements de la vie privée, par L. Surugue.*

Très belle épreuve.

49 — *L'Antiquaire. — Le Peintre.*

Deux pièces faisant pendants, gravées par L. Surugue. Très belles épreuves.

50 — *Le Benedicité, par Lépicié.*

Belle épreuve.

51 — *Le Négligé ou toilette du matin, par Le Bas.*

Belle épreuve.

52 — *La Serinette, par Laurent Cars.*

Très belle épreuve.

CHARLIER et **DUGOURE** (d'après)

53 — *Offrande à l'amour. — Offrande à l'amitié.*

Deux pièces faisant pendants, gravées par Elluin. Très belles épreuves avant la lettre.

CHEREAU (F.)

54 — *Cheron (Elisabeth Sophie), d'après elle-même. In-fol.*

Belle épreuve, marge.

55 — *Detleu von Dehn (Conrad), d'après Rigaud. In-fol.*

Très belle épreuve.

CHEVILLET (J.)

56 — *Chartres (Louis-Philippe d'Orléans, duc de). In-fol.*

Superbe épreuve avant toutes lettres, marges.

57 — *La jeune Sultane, d'après Le Gendre.*

Belle épreuve.

58 — *La Santé portée, d'après Terburg.*

Belle épreuve.

CHODOWIECKI

59 — *Vignettes in-8, pour un roman du dix huitième siècle.*

Seize pièces.

CIPRIANI (d'après)

60 — *L'agréable distraction, par Michel, en couleur.*

Belle épreuve.

COCHIN (Ch. N.)

61 — *Les amateurs d'estampes.*

Vignette in-8 pour un catalogue de vente.
Belle épreuve.

62 — *Atelier d'Imprimeur.*

Fleuron pour un livre in-4.
Épreuve tirée hors texte.

63 — *Mlle Gaussin et Grandval.*

Fleuron. —Épreuve tirée hors texte, marge.

64 — *Gaussin (Mlle), par N. Le Mire. In-8.*

Belle épreuve, marge.

65 — *Sujets religieux, fleurons, tête de pages, lettres ornées, etc.*

Vingt et une pièces.
Très belles épreuves.

COCHIN (d'après Ch. N.)

66 — *Frontispice de l'*Encyclopédie, *par L.-B Prévost.*

Belle épreuve.

67 — *La fontaine enchantée de la vérité d'amour, par Saint-Aubin et Macret.*

Belle épreuve.

68 — *Les Remois, par C.-L. Lingée.*

Très belle épreuve, marge.

69 — *Dénouement des Philosophes. In-8.*

Belle épreuve, marge.

70 — *Têtes de pages pour un in-8, gravés par B.-L. Prévost.*

Six sujets imprimés sur deux feuilles.
Très belles épreuves, marges.

71 — *Vignette in-4 pour la* Jérusalem délivrée *du Tasse.*

Quinze pièces.

72 — *Sept pièces de la même suite.*

Épreuves avant la lettre.

COCHIN et **MOREAU** (d'après)

73 — *Vignettes et en-tête de pages.*

Quatre pièces.
Épreuves avant la lettre.

DAULLÉ (J.)

74 — *Caylus (Marguerite de Valois, comtesse de), d'après Rigaud. In-fol.*

Belle épreuve.

75 — *Nestier (de), écuyer du roi, d'après Delarue. In-fol.*

Belle épreuve.

DEBUCOURT (P.-L.)

76 — *Le Menuet de la Mariée*, 1785. — *La Noce au château.*

Deux pièces faisant pendants.
Superbes épreuves. Très rares.
Ces deux pièces et celles indiquées aux cinq numéros qui suivent sont toutes encadrées dans des bordures en bois sculpté. Elles ne sont pas contre collées sur le carton.

77 — *L'Escalade ou les adieux du matin*, 1787.

78 — *Heur et Malheur, ou la cruche cassée*, 1787.

Deux pièces faisant pendants.
Superbes épreuves, d'une grande fraîcheur.

DEBUCOURT (P.-L.)

79 — *Promenade de la galerie du Palais-Royal*, 1787.

Magnifique épreuve. Très rare de cette qualité.

80 — *Promenade du jardin du Palais-Royal*, 1787.

Magnifique épreuve d'une grande fraîcheur. Très rare de cette qualité.

81 — *La Main. — La Rose.*

Deux pièces faisant pendants, 1788.
Magnifiques épreuves avec marges. Très rares.

82 — *Les deux Baisers.*

Superbe épreuve. Très rare.

83 — *Calèche se rendant au rendez-vous de chasse, d'après C. Vernet.*

Très belle épreuve en couleurs. Encadrée.

84 — *Course du grand prix, au champ de Mars, d'après C. Vernet.*

Très belle épreuve en couleur. Encadrée.

85 — *Course de chevaux, d'après C. Vernet.*

Très belle épreuve en couleurs. Encadrée.

DEBUCOURT (P.-L.)

86 — *La chasse au renard. — Les chiens ayant perdu la trace.*

Deux pièces faisant pendants, d'après C. Vernet, en couleurs.

Très belles épreuves. Encadrées.

87 — *La Course. — Fin de la Course.*

Deux pièces faisant pendants, d'après C. Vernet, en couleurs.

Très belles épreuves. Encadrées.

88 — *La Récréation.*

Très belle épreuve, marge.

89 — *Unité. — Fraternité.*

Très belles épreuves.

90 — *Liberté. — Égalité*

Deux pièces faisant pendants.
Très belles épreuves.

91 — *Chasseur égaré, d'après C. Verne*

Très belle épreuve.

92 — *Cheval qu'on bouchonne au retour d'une Course, d'après Vernet.*

Très belle épreuve.

93 — *Artilleur anglais. — Cuirassier prussien. — Uhlan prussien. — Garde national à cheval.*

Quatre pièces en couleur, d'après C. Vernet.
Très belles épreuves, marges.

DE GHENDT

94 — *Promenade du prince d'Orange au village de Schevelingen, d'après Van de Velde.*

Belle épreuve, marge.

DESCOURTIS

95 — *La prière interrompue, d'après Robert.*

En couleur.
Belle épreuve

DIETRICY

96 — *Son œuvre gravé à l'eau-forte, en 44 pièces.*

Belles épreuves. Toutes marges.

DREVET (P.)

97 — *Lambert (Mme), d'après N. de Largillière.*

Belle épreuve.

DUSART (Corneille)

98 — *Les Crieurs (B., 1). — Les Deux chanteurs (B., 3). — Le Couple ivre (B., 7).*

Trois pièces.
Belles épreuves.

EISEN (d'après Ch.)

99 — *La Comète, par J.-P. Le Bas.*

Très belle épreuve, marge.

100 — *En-tête de pages, par divers graveurs, pour* Tarsis et Zelie.

Douze pièces.
Épreuves tirées hors texte, avec grandes marges.

EVERDINGER (A. van)

101 — *Paysages.*

Huit pièces.
Belles épreuves.

FATOU (chez)

102 — *Le Brun (Mme), d'après elle-même. In-4.*

Belle épreuve.

FICQUET (Etienne)

103 — *Ciceron. — Rousseau (J.-J.). — Voltaire.*

Trois portraits.
Belles épreuves.

FRAGONARD (H.)

104 — *L'Armoire.*

Très belle épreuve avant l'adresse de Naudet.

FRAGONARD (d'après H.)

105 — *Dites donc s'il vous plait. — L'heureuse fécondité.*

Deux pièces faisant pendants, gravées par N. De Launay.

Très belles épreuves.

106 — *Le Serment d'amour, par Mathieu.*

Très belle épreuve, toute marge.

FREUDEBERG (d'après S.)

107 — *Le Petit jour, par N. de Launay.*

Superbe épreuve, avec grande marge.

108 — *La même estampe.*

Superbe épreuve.

FROSNE

109 — *Morand (Th.), chev. marquis du Mesnil Garnier. In-fol.*

Belle épreuve.

GERARD (d'après Mlle)

110 — *C'est pour lui que je les rassemble, par Vidal.*

Très belle épreuve.

GESSNER

111 — *Sujets mythologiques.*

Très belles épreuves, toutes marges.

GESSNER

112 — *Dix paysages dédiés à Monsieur Watelet.*

Très belles épreuves, toutes marges.

GOLTZIUS (H.)

113 — *Les Romains illustres par leur valeur.*

Suite de dix estampes (B 94-103).
Belles épreuves, grandes marges.

114 — *Statue antique d'Hercule* (*B.*, 143). — *Statue d'Apollon Pythien* (*B.*, 145).

Deux pièces
Belles épreuves.

115 — *Boll (Jean), peintre de Malines*, (*B.*, 161).

Très belle épreuve.

GOUDT (le comte de)

116 — *Quatre pièces de son œuvre.*

Belles épreuves.

GRAVELOT (d'après H.)

117 — *En-tête de page pour la première scène du premier acte de* Tartuffe.

Cette pièce a du être faite pour une édition de Molière, commencée au siècle dernier, et qui ne fut pas continuée ; elle est de la plus grande rareté.

GRAVELOT (d'après H.)

118 — *Louis XIV. Entête de page, par L. Cars.*

Belle épreuve, marge.

GRIMOU (d'après)

119 — *Portrait d'une jeune fille, par Blot. In-fol.*

Belle épreuve

GUELARD (J.)

120 — *Le doyen des Me peintres, d'après Spoële. In-fol.*

Belle épreuve.

HENRIQUEZ (B.-L.)

121 — *Le Médecin aux urines, d'après Metzu.*

Épreuve avant la lettre.

HOLLAR (W.)

122 — *Marines. — Navires, etc.*

Cinquante-trois pièces.
Belles épreuves.

HUET (d'après J.-B.)

123 — *La Bergère. — La chasse aux papillons.*

Deux pièces faisant pendants, gravées en couleur par Demarteau.

Superbes épreuves avec marges. Rares.

HUET (d'après J.-B.)

124 — *Jeune femme jouant de la mandoline gravé aux trois crayons par Demarteau.*

Très belle épreuve.

125 — *La Laitière. Gravé aux trois crayons par Demarteau.*

Belle épreuve.

126 — *Nymphes et amours, pièce de forme ovale gravée en couleur, par l'Eveillé.*

Superbe épreuve, marge.

ISABEY (d'après)

127 — *Marie-Louise. Impératrice, par Monsaldy.*

Superbe épreuve en couleur, marge.

JAZET

128 — *La Demande en mariage. — Célébration du Mariage.*

Deux pièces en couleur faisant pendants, d'après Le Comte.

Belles épreuves.

129 — *David (Louis), d'après Odevaere. In-fol. en pied.*

Belle épreuve.

JEAURAT (d'après Ét.)

130 — *L'Acouchée, par Lépicié.*

Belle épreuve.

131 — *La Coquette. — La Servante congédiée.*

Deux pièces gravées par Balechou et Duflos.
Belles épreuves.

132 — *Enlèvement de police. — Déménagement d'un peintre.*

Deux pièces faisant pendants, gravées par Cl. Duflos.
Très belles épreuves.

133 — *L'éplucheuse de salade, par Beauvarlet.*

Très belle épreuve, marge.

JUBIER

134 — *Jupiter et Léda, en couleur.*

Très belle épreuve, marge.

KAUFFMANN (d'après Angelica)

135 — *Cordelia, par Philippeaux.*

Belle épreuve, marge.

136 — *Nymphe, par D. Jonkins.*

Belle épreuve.

KAUFFMANN (d'après ANGELICA)

137 — *Portrait de femme, par J.-J. Freidhof. In-fol. en manière noire.*

Très belle épreuve avant la lettre.

138 — *The Death of Mark Antony, par Delattre,*

Belle épreuve.

KOCHL DE SAUBRUCK

139 — *Marie-Antoinette, reine de France. In-fol.*

Belle épreuve.

LAGRENÉE (d'après)

140 — *La Peinture chérie des grâces, par Dennel.*

Belle épreuve, marge.

LANCRET (d'après N.)

141 — *L'Eté, par De Larmessin.*

Belle épreuve.

142 — *Le Philosophe marié, par C. Dupuis.*

Belle épreuve.

LAVREINCE (d'après N.)

143 — *La Balançoire mystérieuse, par Vidal (E.-B., 9).*

Très belle et rare épreuve avant la lettre et avant le flot.

144 — *Le Billet doux, par N. De Launay.*

Très belle épreuve.

145 — *La Consolation de l'absence, par N. de Launay. (E.-B., 14).*

Superbe épreuve avec une très grande marge.

146 — *L'heureux Moment, par N. de Launay (28).*

Très belle épreuve.

147 — *L'Innocence en danger, par Caquet (E.-B., 31).*

Superbe épreuve, grande marge.

148 — *La Marchande à la toilette, par Vidal (37).*

Superbe épreuve avant la dédicace. Très grande marge.

149 — *La même estampe.*

Très belle épreuve.

LAVREINCE (d'après)

150 — *Les Nymphes scrupuleuses, par Vidal* (42).

Très belle épreuve.

151 — *Les offres séduisantes, par J.-L. Delignon (E.-B.,* 43).

Superbe épreuve avec une grande marge.

152 — *Le Restaurant, par Deni* (53).

Superbe épreuve, grande marge.

153 — *Le Roman dangereux, par Helman* (*E.-B.*, 56).

Superbe épreuve avec une grande marge.

154 — *La Soubrette confidente, par G. Vidal* (*E.-B.*, 61).

Superbe épreuve avec une grande marge.

LEBARBIER (d'après)

155 — *Vignettes in-4, pour les Œuvres de Salomon Gessner.*

Trente-six pièces.
Très belles épreuves, toutes marges.

LE BEL (d'après)

156 — *Le Coup de vent. — La voilà prise.*

Deux pièces faisant pendants, gravées par Niquet et Girardet. Belles épreuves.

LEMPEREUR (L.)

157 — *Jeaurat (Etienne), d'après Roslin. In-fol.*

Belle épreuve, marge.

LEPRINCE (J.-B.)

158 — *Divers ajustements et usages de Russie. — Divers habillements des prêtres de Russie. — Divers habillements des peuples du Nord. —1re et 2e suite de Cris et Divers marchands de Pétersbourg et de Moscou. — Les Strelitz. — Habillements de diverses nations, etc.*

Cinquante et une pièces.
Superbes épreuves. Toutes marges.

LEPRINCE (d'après)

159 — *Les Amusements de Campagne, par Bonnet.*

Belle épreuve.

160 — *La lecture. Gravé à la sanguine par Demarteau.*

Belle épreuve, marge.

LE SUEUR (d'après L.)

161 — *Le Rendez-vous à la fontaine, par J.-B. Louvion.*

Très belle épreuve.

MAROT (Daniel)

162 — *Foire de la Haye, avec les Bourgeois sous les armes, saluant Leurs Altesses Royales Monseigneur le Prince et Madame la Princesse d'Orange.*

Grande pièce en deux planches.
Très belle épreuve, marge.

MIXELLE

163 — *Le Retour du soldat.*

Belle épreuve.

MOREAU (J.-M.)

164 — *Fondation pour marier dix filles. ., d'après H. Gravelot.*

Très belle épreuve. Rare.

MOREAU (d'après J.-M.)

165 — *Couronnement de Voltaire, gravé par Couché.*

Épreuve avant la lettre, marge.

MOREAU (d'après J.-M.)

166 — *Exemple d'humanité, par Godefroy.*

Belle épreuve.

167 — *La Leçon de chant. Vignette in-4, pour les Œuvres de Rousseau.*

Épreuve avant la lettre.

MORLAND (d'après)

168 — *Visite à la nourrice.*

Petite pièce de forme ronde.
Très belle épreuve.

MULLER

169 — *Pierre (J.-B.-M.), d'après lui-même. In-4.*

Belle épreuve.

NANTEUIL (Robert)

170 — *Fouquet (Nicolas) (R.-D., 98).*

Très belle épreuve, avec marge.

J. OSTADE et SWANEVELT (d'après)

171 — *La Porte de l'auberge. — Diana deceived by Venus.*

Deux pièces gravées par Canot et J. Browne.
Belles épreuves.

OUDRY (d'après J.-B.)

172 — *La chasse au cerf. — La chasse au sanglier.*

Deux pièces faisant pendants, gravées par Silvestre et Joullain.

Belles épreuves, marge.

173 — *La chasse au loup. — La chasse au sanglier.*

Deux pièces faisant pendants, gravées par Huquier.

Belles épreuves.

PATER (d'après)

174 — *Tentes de Vivandières du quartier général, par Hémery.*

Très belle épreuve.

PETIT

175 — *Marie-Thérèse Impératrice, d'après Martin de Meytens. In-fol.*

Belle épreuve, marge.

PIERRE (d'après J.-B.-M.)

176 — *Les Serments du berger, par Lempereur.*

Belle épreuve.

PORPORATI

177 — *Garde à vous ! d'après Angélica Kauffmann. — La même composition, avant la lettre, gravée par D. Weiss.*

Deux pièces.

QUEVERDO (d'après F.-M.)

178 — *Le Sommeil interrompu, par Dembrun.*

Superbe épreuve avant la dédicace. Toute marge.

RAVENET

179 — *The origin of Drawing, d'après Mortimer.*

Belle épreuve marge.

RIDINGER (J.-E.)

180 — *Histoire d'Adam et Eve.*

Suite de douze pièces en largeur.
Très belles épreuves, grandes marges.

181 — *Animaux sauvages, disposés suivant leur nature.*

Suite de huit pièces, grand in-fol. avec deux feuilles de texte.
Très belles épreuves.

182 — *Sujets de chasse et animaux.*

Trente-trois épreuves.
Très belles épreuves.

ROBERT (H.)

183 — *Les Soirées de Rome.*

Suite de dix planches dessinées et gravées par M. Robert, pensionnaire du roi de France à Rome.
Superbes épreuves, toutes marges.

SAINT-AUBIN (Aug. de)

184 — *Comptez sur mes serments.*

Très belle épreuve.

SAINT-AUBIN (d'après Aug. de)

185 — *L'heureux ménage. — L'heureuse mère. — La sollicitude maternelle. — La Tendresse maternelle.*

Suite de quatre pièces gravées en couleur par Sergent, Gautier et Phelypaux.
Très belles épreuves.

SAINT-NON

186 — *Diverses vues du Moulin Joli.*

Suite de six pièces.
Très belles épreuves, toutes marges.

187 — *Vues de Rome, d'après Robert et Fragonard.*

Suite de six pièces.
Superbes épreuves, toutes marges.

SAINT-QUENTIN (d'après)

188 — *La Coquette du village, par J.-L. Anselin.*

Très belle épreuve, marge.

SCHALCKEN (C.)

189 — *Dow (Gérard). In-8.*

Belle épreuve.

SCHIAVONETTI (L.)

190 — *Queen Elizabeth receiving the News of the Death of her sister Queen Mary, d'après Westall.*

Belle épreuve, marge.

SCHMIDT (G.-F.)

191 — *Beauveau (le cardinal de), d'après Cochin.*

Très belle épreuve.

192 — *Le même portrait.*

Très belle épreuve.

193 — *Pesne (Antoine), d'après lui-même. In-fol.*

Belle épreuve, marge.

SCOTIN (J.-B.)

194 — *Bruyn (Cornelius de). In-4.*

Belle épreuve.

SMITH (J.-R.)

195 — *Montagu (Edward Wortley), d'après W. Peters.*

Très belle épreuve, marge.

SMITH (d'après J.-R.)

196 — *The Moralist, par W. Nutter.*

Très belle épreuve, marge.

197 — Sylvia, *pièce in-4, publiée par J. Walker en* 1780.

Belle épreuve.

SNYDERS (d'après)

198 — *A Porcupine and Dogs, par Murphy.*

Très belle épreuve, marge.

STUBBS (G.-J.)

199 — *Gimcrack, cheval de course anglais,* 1791, *en couleur.*

Belle épreuve, marge.

TOUZÉ (d'après)

200 — *L'oracle des amans, par P.-P. Choffard.*

Superbe épreuve avant la dédicace.

VANGORP (d'après)

201 — *La Curiosité punie, par L'Empereur.*

Belle épreuve avant la lettre, lettres tracées.

VANLOO (d'après C.)

202 — *La Confidence, par Beauvarlet.*

Très belle épreuve avant la lettre.

203 — *La Sultane, par J. Beauvarlet.*

Bonne épreuve.

204 — *Les Trois grâces, par Lempereur.*

Épreuve avant la lettre.

VERNET (d'après C.)

205 — *Chasseur au tir, par Jazet.*

Très belle épreuve.

206 — *Le Départ. — La Chasse. — Chasseur à l'affût. — Halte au retour de la chasse. — L'halali.*

Suite de six pièces gravées par Jazet.
Belles épreuves.

VERNET (d'après C.)

207 — *Départ du chasseur. — Retour du chasseur.*

Deux pièces gravées par Jazet.
Belles épreuves.

208 — *Le Maréchal ferrant anglais, par Coqueret.*

Belle épreuve.

VIEN (d'après)

209 — *Offrande à Cérès. — Offrande à Vénus.*

Deux pièces gravées par Beauvarlet.
Belles épreuves, marges.

WATELET (H.)

210 — *Vénus et les amours, d'après Rubens.*

Belle épreuve, marge.

211 — *Groupe de femmes debout, d'après Rubens.*

Belle épreuve, marge.

WATTEAU (d'après Ant.)

212 — *Escorte d'équipages, par Cars.*

Belle épreuve.

WATTEAU (d'après Ant.)

213 — *La Mariée de village, par Couché.*

Épreuve avant la lettre à l'eau-forte.

214 — *Retour de Campagne, par Cochin.*

Belle épreuve.

215 — *P.-P. Rubens à l'âge de trente ans, gravé aux trois crayons, par Demarteau.*

Belle épreuve.

WATTEAU (d'après L.)

216 — *Fédération des départements du Nord, par Helman.*

Superbe épreuve avant la lettre.

WHESSELL

217 — *Lop, cheval de courses anglais 1791, d'après Marshall,*

Belle épreuve, marge.

WILLE (J.-G.)

218 — *Bons amis, d'après Ostade.*

Belle épreuve.

219 — *La cuisinière hollandaise, d'après Metzu. Gazetière hollandaise, d'après Terburg.*

Deux pièces faisant pendants.
Belles épreuves.

WILLE (J.-G.)

220 — *Musiciens ambulans, d'après Dietricy.*

Belle épreuve.

221 — *L'Observateur distrait, d'après Miéris.*

Belle épreuve.

222 — *Les offres réciproques, d'après Diétricy.*

Belle épreuve, marge.

223 — *Le Petit physicien, d'après Netscher.*

Belle épreuve.

224 — *Tricoteuse hollandaise, d'après Miéris.*

Belle épreuve.

225 — *Tricoteuse hollandaise, d'après Miéris.* — *Sapeur des gardes suisses, d'après Wille fils.*

Deux pièces.

226 — *Fouquet de Belle-Isle (Ch.-L.-Aug.). maréchal de France, d'après Rigaud. In-fol.*

Belle épreuve.

227 — *Largillière (Marguerite-Elisabeth de), d'après Largillière.*

Belle épreuve, marge.

WILLE (J.-G.)

228 — *Marigny (Abel-François Poisson, marquis de), d'après L. Tocqué,*

Très belle épreuve.

229 — *Massé (J.-B.), d'après L. Tocqué.*

Très belle épreuve, marge.

WOLLETT et JONXIS

230 — *Rubens, d'après lui-même.*

Bonnes épreuves.

WOSSENIK (J.-P.)

231 — *Miss Ferard. In-4.*

Belle épreuve.

ZEEMAN (R.)

232 — *Nouvelles inventions de Combats navaeles fet par Reinier Zeeman.*

Très belles épreuees.

LIVRES

233 — **Agostini.** — La Sicilia di Filippo Paruta descritta con medaglie E ristam pata con aggiunta da Leonardo Agostini.

In Lione, 1697. 1 vol. in-fol., cart.

234 — **Antiquarum** statuarum urbis Romae.

Romæ, 1621. 1 vol. in-4, veau.

235 — **Bartolozzi.** — Recueil de fac-simile de dessins du Guerchin.

1 vol. in-fol., cart.

236 — **Bayardi.** — Catalogo degli antichi monumenti di Ercolano.

Tomo I... In Napoli, 1755. 1 vol. in-fol., mar. rouge.

237 — **Beaulieu.** — Les glorieuses conquestes de Louis-le-Grand, roy de France et de Navarre, dédiées au roy.

Paris, chez l'auteur, 1694. 2 vol. in-fol., mar. rouge, avec armoiries sur les plats.

Dans le premier volume, se trouvent : Anne d'Autriche, représentée assise avec ses deux enfants, Louis XIV, Anne d'Autriche, Philippe d'Orléans, Condé, Mazarin, le duc de Beaufort, Turenne, etc., etc.; par Nanteuil, Poilly, Lombart, Edelinck, M. Lasne, etc.

238 — **Bellori.** — Veteres arcus Augustorum triumphis insignes ex reliquiis quæ Romæ adhuc super-

sunt cum imaginibus triumphalibus restituti antiquis nummis notisque Io : Petri Bellorii.

Romæ, 1690. 1 vol. in-fol., veau.

239 — **Carrache** — Pensieri diversi lineati et intagliati d'Anibale Caracci.

1 vol. in-4, demi-rel. veau.

240 — **Cochin** (Ch.-N.). — Sujets de l'Histoire de France, d'après Cazes.

Cinquante-trois pièces en 1 vol. in-8, obl. cart.

241 — **Cousin.** — L'Art de dessiner, par Jean Cousin. Paris, chez François Chereau, 1750.

1 vol. in-4, obl. cart.

242 — **La Déclamation** théâtrale, poème didactique en trois chants, précédé d'un discours.

A Paris, de l'imprimerie de Sébastien Jarry... 1765. 1 vol. in-8, veau.

243 — **De la Chaussée.** — Romanum Museum sive Thesaurus eruditæ antiquitatis.

...Romæ, 1746, 2 vol. in fol., cart. Fig.

244 — **Delafosse** (J.-Ch.). — Nouvelle Iconologie historique, ou Attributs hiéroglyphiques qui ont pour objets les quatre éléments, les quatre saisons, les quatre parties du monde.

Paris, 1768. In-fol. en portefeuille. Soixante-trois planches et quelques feuilles de texte.

245 — **Disel.** — Vues de la Ville de Munich et Châteaux de Bavière.

1 vol. in-fol., obl. cart.

246 — **Divers.** — Sélim et Sélima, poème imité de l'allemand, 1769. — Extrait du journal d'un officier de la marine, de l'escadre de M. le comte d'Estaing, 1793.

2 vol. in-8, veau fig.

247 — **Divers.** — Le Temple de Gnide, poème imité de Montesquieu, par M. Léonard, 1773. — Observations sur les antiquités d'Herculanum... par MM. Cochin et Bellicard... 1755. — Les Géorgiques de Virgile... Paris 1870. — Bélisaire, par M. Marmontel... Paris, 1768.

4 vol. in-8, veau. Fig.

248 — **Dupaty de Clam.** — La science et l'art de l'Équitation, démontrés d'après la nature, ou Théorie et Pratique de l'Équitation.

Paris, 1776. 1 vol. in-4, veau. Fig.

249 — **Dupuis.** — Nouveau Traité des cinq ordres d'Architecture.

A Paris, chez Mond'hare, 1766. 1 vol. in-fol., broché.

250 — **Falda.** — Les Fontaines de Frascati et de Rome.

1 vol. in-fol., obl. mar. rouge.

251 — **Florian.** — *Galatée*, roman pastoral, imité de

Cervantes, par M. de Florian, de l'Académie française.

Edition ornée de figures en couleur, d'après les dessins de M. Monsiau. Paris, Defer et Maisonneuve, 1793. 1 vol. grand in-4, cart., fig. en couleur.

252 — **Fontana.** — Contignationes ac Pontes Nicolai Zabaglia, una cum quibusdam ingeniosis praxibus, ac descriptione translationis obelisci Vaticani, per Dominicum Fontana.

Romæ, 1743. 1 vol. in-fol., cart.

253 — **Galleria** imperiale di Firenze incisa sotto la direzione del Signor Pietro Benvenuti.

Firenze, 1812. 2 vol. in-8, cart.

254 — **Godonnesche.** — Médailles du règne de Louis XV.

1 vol. in-4, veau.

255 — **Gottfried.** — Inventaire de Suède, ou Description du Royaume, avec le gouvernement, règne, vie et actions des Rois de Suède, jusqu'à 1633.

1 vol. in-fol., vel.

256 — **Gravelot et Moreau.** — Vignettes in-4 pour la *Henriade*. Douze pièces, dont un portrait. — Vignettes in-4 et portrait pour les Œuvres de Rousseau, 1774.

Trente pièces dont quelques-unes avant les numéros. 1 vol. in-4, cart.

257 — **Grotius.** — Annales et Histoires des troubles des Pays-Bas, par Hugo Grotius.

A Amsterdam, 1662. 1 vol. in-fol., vel.

258 — **Guer.** — Mœurs et Usages des Turcs; leur religion, leur gouvernement civil, militaire et politique, avec un Abrégé de l'Histoire ottomane, par M. Guer, avocat.

Paris, 1746-1747. 2 vol. in-4, veau. Fig.

259 — **Hutin.** — Recueil de différents sujets composés et gravés par Charles Hutin.

A Dresden, 1763. 1 vol. in-4, cart.

260 — **Jackson** (J.-B.). — Titiani Vecelii, Pauli Caliarii, Jacobi Robusti et Jacobi de Ponte, opera selectiora at Joanne-Baptista Jackson Anglo, ligno Cœlata et coloribus adumbrata.

Venetiis, 1745. In-fol. en feuilles. Vingt-quatre planches et le titre.

261 — **Juvénal.** — Mores Hominum. The Manners of Men, described in sixteen satyrs by Juvenal. By sir Robert Stapylton.

London, 1660. 1 vol. in-fol., veau.

262 — **La Fage.** — Recueil des meilleurs dessins de Raimond La Fage, gravé par cinq des plus habiles graveurs et mis en lumière par les soins de Van-der-Bruggen, 1689.

Cent quatorze pièces en feuilles.

263 — **Gérard de Lairesse.** — Son Œuvre en cent dix-sept pièces.

1 vol. in-fol., vélin.

264 —— Les Tableaux qui se trouvent à la Haye dans la chambre du Conseil de Justice de la cour, peints par Gérard de Lairesse et gravés d'après les dessins de Nicolas Verkolye, 1737.

1 vol. in-fol., cart.

265 —— Les Principes du Dessin, ou Méthode courte et facile pour apprendre cet art en peu de temps, par M. Gérard de Lairesse.

A Amsterdam, 1746. 1 vol. in-fol., demi-rel., veau.

266 — **Landi** (Ant.). — Racolta di alcune facciate di Palazzi e Cortili de piu riguardevoli di Bologna.

Suite de trente planches et un titre. In-fol. en feuilles.

267 — **Le Carpentier.** — L'Ambassade de la Compagnie orientale des Provinces-Unies vers l'empereur de la Chine, ou grand cam tartare, faite par les sieurs Pierre de Goyer et Jacob de Keyser. Leyde, 1665.

1 vol. in-fol., vélin, fig.

268 — **Leonardi.** — Le Delizie della villa di Castellazzo, descritte in verso dall' abbatte Domenico-Felice-Leonardi Lucchese, fra gli Arcadi il dosio foloetico.

In Milano, 1743. 1 vol. in-fol., vel.

269 — **Livre** de portraiture du Poussin, par L. Pesne.

1 vol. grand in-8, demi-rel., veau,

270 — **Losi.** — Il nuovo splendare delle fabriche in prospettiva di Roma moderna. Livres premier et second.

In Roma presso Carlo Losi, 1773. 1 vol. in-fol., obl., veau.

271 —— I vestigi dell' antichita di Roma raccolti et ritratti in perspettiva con ogni diligentia da Stefano Du Perac, Parisino.

In Roma presso Carlo Losi, 1773. 1 vol. in-fol., veau.

272 —— Raccolta di diverse statue in numero di novantasei in Roma presso Carlo Losi, 1773.

1 vol. in-fol., veau.

273 — **Lostelneau.** — Le Mareschal de bataille, contenant le maniement des armes, les évolutions, etc., inventé et recueilly par le sieur de Lostelneau.

...Paris, 1647. 1 vol. in-fol., veau.

274 — **Malfilâtre.** — Narcisse dans l'Isle de Vénus, poème en quatre chants.

A Paris, chez Lejay, 1769. 1 vol. in-8, broché.

275 — **Médaillons** du cabinet du Roy.

1 vol. in-fol., veau.

276 — **Perrier.** — Icones et segmenta illustrium e marmore tabularum quæ Romæ adhuc extant a Francisco Perrier Delineata incisa et ad antiquam formam lapideis exemplaribus passim collapsis restituta, 1645.

1 vol. in-fol., vél.

277 — **Pièces** relatives au procès du collier, reliées en 1 vol. in-4 cartonné.

En tête du volume est la représentation exacte du Collier, et dans le volume, les portraits des personnages compromis dans cette affaire.

278 — **Pierres** antiques gravées, tirées des principaux cabinets de la France.

1 vol. in-fol., broché.

279 — **Piranesi.** — Vues d'Italie.

1 vol. grand in-8, obl., cart.

280 — **Pitture** del salone imperiale del palazzo di Firenze.

In Firenze, anno 1765. In-fol. en feuilles. Vingt planches et le titre.

281 — **Raccolta** dei disegni delle fabriche Regie di bagni di Montecatini nella Valdinievole.

In Firenze, 1787. 1 vol. in-fol., cart.

282 — **Recueil** de paysages, par Jean Van de Velde.

Cent vingt-huit pièces en 1 vol. grand in-8, obl., vélin.

283 — **Recueil** de dessins gravés d'après les fameux maîtres, tirés de la collection de l'Académie électorale palatine des Beaux-Arts, à Dusseldorf.

Première et deuxième suites contenant chacune cinquante dessins. 2 vol. in-fol., brochés.

284 — **Recueil** de Monuments et Églises de Rome.

1 vol. gr. in-4., vél.

285 — **Recueil.** — Carnet d'échantillons pour un quincailler.

1 vol. in-4 obl., cart.

286 — **Recueil** d'estampes diverses, par Callot, Perelle, Swide, etc.

Cent soixante pièces en 1 vol. in-fol., cart.

287 — **Restout.** — Galerie française, ou Portraits des hommes et des femmes célèbres qui ont paru en France.

Paris, 1771. 1 vol. in-fol., cart.

288 — **Rigaud** (J.). — Recueil choisi des plus belles vues des palais, châteaux et maisons royales de Paris et des environs, dessinées d'après nature et gravées par J. Rigaud.

Cent vingt-deux planches, sans titre. Superbes épreuves, toutes marges.

289 — **Roucher.** — Les Mois, poème en douze chants.

Paris, 1779. 2 vol, in-4, veau. Fig.

290 — **Saint-André.** — La petite Galerie du Louvre, du dessin de feu M. Le Brun, premier peintre de Sa Majesté, dédiée au Roy, dessinée et gravée par Saint-André, 1695.

1 vol. in-fol., veau.

291 — **Saint-Lambert.** — Les Saisons, poème. A Amsterdam, 1773.

1 vol. in-8, veau. Fig.

292 — **Sbonski de Passebon.** — Plan de plusieurs bâtiments de mer, avec leurs proportions.

1 vol. in-fol., cart.

293 — **Joannis Teyler.** — Architectura militaris.

1 vol. in-4, veau.

294 — **Théâtre** de guerre en Allemagne, de 1756 à 1759.

1 vol. in-fol. obl., cart.

295 — **Tristan.** — Commentaires historiques contenant l'histoire générale des Empereurs et Impératrices. Le tout divisé en trois tomes avec les tables nécessaires, par Jean Tristan.

Paris, 1644. 3 vol. in-fol., veau.

296 — **Van Tulden.** — Les Travaux d'Ulysse, desseignez par le sieur de Sainct-Martin, de la façon

qu'ils se voyent dans la maison royale de Fontainebleau. Paris, 1640.

1 vol, in-4, obl., veau.

297 — **Vouet**. — Œuvre de Simon Vouet, gravée par Michel Dorigny.

1 vol. in-fol., cart.

298 — Sous ce numéro, il sera vendu six portefeuilles d'Estampes anciennes, principalement de l'Ecole française du dix-huitième siècle.

Imprimerie D. Dumoulin et Cie, à Paris.

www.ingramcontent.com/pod-product-compliance
Ingram Content Group UK Ltd.
Pitfield, Milton Keynes, MK11 3LW, UK
UKHW031958260826
14628UKWH00005B/2151

9 782329 451091